明日への祈り

横尾良子歌集

現代短歌社

目次

春への視界

春の気配　九
早春のひかり　一五
春を運ぶ風　二一
桜咲き初む　二七
ゆらぐ水仙　三三

夏へ入りゆく

暮れゆく丘　三九
水の匂ひ　四三
リラ冷えの街　四九
海の町　五三
風生む森　五九

初秋の街並

初秋の風　六五
明日への祈り　六九
湖畔の町並　七五
道辺の秋桜　八一
冬近くなる　八七

雪降り始む

初雪の降る　九五
一ひらの雪　一〇一
二月の視界　一〇五
少年の冬　一〇九
風の音　一一五

街灯ともる　　三
あとがき　　一三五

明日への祈り

春への視界

春の気配

ゆるやかに窓辺の木の芽膨らみてわが世に春の来る気配する

早春の雪をやさしく手にうけて娘の待つ地下へ入りゆかむとす

朝の陽に優しくしつとりせし雪や　みどり児抱き男が前行く

手を振りて待つ人なければゆつくりと歩みゆかむか春来る方へ

雪解けの水の流るる音ひびく黄昏どきの野の道を来る

幼児のやはらかき肌に触れてゐて寂しさふいにこみ上ぐる春

なぜ・なぜと問ふ児と確と手を繋ぎ春の雪降る朝の街ゆく

穏やかに姿変へゐる夕雲よお前の帰る明日へ連れゆけ

こころまで潤す春の雨ならむ明るき色の傘買ふと出づ

新春を迎へし野にある木立かなゆつくり視界の主役とぞなる

うらうらと午後の日淡く差す部屋に男の怒りを横たはり聴く

ゆつたりと春の土踏み夕明る水の流れに沿ひゆかむとす

手をつなぎ子とゆく若き夫婦なりおぼろな春の夕陽に映える

水音のかすかに聞ゆる野の果てへ去りゆく黒き人影ひとつ

湧き出でて窓に広がる黒雲よ忘れむ過ぎにしことは努めて

我もまた吹き過ぐる風に手を振りて日暮るる街を帰らむとする

春雨の音もやさしく降る午後を娘を待ち傘差し樹の下に立つ

早春のひかり

ゆるやかな風に誘はれ雪残る野辺へ福寿草の花目覚め咲く

早春のひかり流るる街に来て手袋白きを踊らせ歩む

窓の辺にあふるる春の日差し受け咲くサボテンよ人の居眠る

あはあはと降り来て消ゆる春の雪わが行く道を黒く光らす

取りたてて寂しむこともなき今日の胸へ積もりてゆく春の闇

ふんはりと降り来て着地す春の雪　朝の光に身を委ねつつ

雪消水渦なす川見る現世のいのちの軽さを悲しみながら

早春の轍のふかき道駆ける少女眩しや朱色のブーツ

ひらひらと光と遊ぶさまに降る春の雪かな　卵買ひにゆく

真新しき制服を着て朝風のなかゆく子等の清かなる声

雪解けの水の流るる舗装路を腿もあらはに少女駆け去る

妻編みし毛糸の帽子をふかぶかと被りて船出す海の男は

捨てしはずの古里へ再び戻りきし男の頭上を翔ぶ鷗なり

ふる里へ戻りゆくがに櫓を漕ぎて出でゆく男へ手を振る女

海鳴りを子守唄とし育ちたる男ぞ死すとも海離れ得ず

ふんはりと降り積み庭の木々包む雪よしらしら陽を遊ばせる

雨の降る音聞きながら眠らむか心に水色の傘ひろげつつ

春を運ぶ風

春を呼びゆるやかに吹きて来し風が芽を持つ梢にしばし止まる

目の中のものみな春へ移りゐてみどりの服着る少女歩み来

ふくらめる木の芽　小さきその命愛しみゐるなり影ひきわれは

やはらかく風につつまれ川岸の柳の木の芽がひかりをこぼす

一日を事こまやかに書きしるし北むく窓に春見むと立つ

ゆるやかに春を運ぶか猫柳光らせ川を風わたりゆく

桜咲くこの世の明かり見ませとや雲間に浮きて光るおぼろ月

ほんのりと灯せる橋を渡りつつ見る空ぽとりと落ちさうな月

霧深く視界を閉ざし暮るる街　所在不明にならむか独り

川に沿ひ歩む私の影ゆらし水面をつつむ春の夜の風

終の日も笑みを浮べてゐる母と思へり人を憎まず在れと

惑ふこと何もあらぬと言ひ切りて少年は海の青へ溶け込む

少年の心を動かしあでやかに海夕焼けて春来むとする

海の色今朝はかすかに変はりしと貝殻ひとつ拾ひて帰る

陽をうけて膨らみやまぬ木々の芽や我を待ちゐむ海見て母は

春を待ち子等来るを待ち母住める町なる今宵も海鳴りやまず

傘を差し頬笑みたたへて桜みる母よしづかに雨降る夕べ

桜咲き初む

春といふ確かな音を聞かせつつ桜のつぼみの膨らむ夜なり

桜木の花芽が露を光らせて人待つやうな公園の朝

平穏な時間の中を流れゆく水のやうなる一生でありたき

父逝きし春の夜ふかぶか霧生れて桜はなびら見え難くなる

はつ春を母逝きましぬ振り向くと丘なだらかに海へとつづく

何処から来し少女等か鮮やかな衣服際立つ駅前通り

桜見る傍らへ老いし女きてほつほつおのれの在り方話す

走り来し若者ひとときた花仰ぐおぼろな春の月かげうけて

満開のさくらを仰ぐわが傍へ犬きて共に日暮れてゆきぬ

悪女とは裏も表も見せぬこと　夜へ入り桜が散り初めにけり

ほのぼのと桜咲かせて眠りゆく目のなか幼き子が来て呼ばふ

ゆらぐ水仙

ぼんやりと月浮く街を歩みきつ寂しさに敏き目をなだめつつ

アカシアの白き小花の咲く道を雨に濡れつつゆるゆる歩む

青年となりたる吾子の置きゆきしキーホルダー光る雨の夜の壁

降りつづく雨の中より現れし少年の眼のうす青き光

ゆるやかに視界をつつみて朝霞の移ろへるなか旅立てり子は

桜咲く丘を下りゆく人ひとり烟りてすぐに我が世より消ゆ

花愛づる人に紛れて佇みぬ目に亡き父の顔うかべつつ

散り初めし桜の街道歩みつつ不意に恋しき顔浮ぶなり

公園の砂を集めて子等遊び光のさ揺らぐ風の午後なり

うらうらと少女の髪にきて遊ぶ春陽よいちめん若葉がかをる

海の色青く展けて初夏なりき事なくひと日を過ごし見て立つ

他人には譲れぬものを持つ胸に居座るひとつの石光るなり

吹く風に視界いちめん春めきて背伸びをするがに水仙は伸ぶ

地の上よ我逝きしのち海と化し小さな命の楽園となれ

両の手で掬ひし春の水なるにたやすく指のあはひより落つ

ゆつたりと視野広げつつ来る春か水仙一斉に咲きて揺らぐよ

生きるとふことの寂しさ深めつつ夜をしとしと降り続く雨

夏へ入りゆく

暮れゆく丘

ほんのりと土を濡らして夕べ降る雨かな桜もいま盛りなり

振り向くと雨にけぶれる桜ばな歩むほかなき我が一生かな

このままに生きてあること疑はぬわれか静かに町暮れてゆく

ほのぼのと光を湛へて降る春の雨かな濡れつつゆく森の道

風の吹く方位をむきて懸命にはばたく小鳥よ巣立つ時　今

捨てて来し海辺の町の明々と点れる灯火が今も目に浮く

悲しみをあなたは今日も運び来る土砂降りの雨の中潜り抜け

むらさきの雨にけぶれる街歩む二人ぞ　更に寂しき日暮

雨のなか不安気に散る花たちよ精一杯に生きしかわれは

夕刻の雨ふふむ雲を仰ぎつつ歩みくるなり海を背にして

誰のひくピアノか今日も聞えつつ路地ゆるやかに夕映えてゆく

水の匂ひ

初夏の雨しとしとしとと降る夕べ人見舞はむと差すあをき傘

さらさらと流るる初夏の川に沿ふ昔へ還るやう穏やかに

水底に命を抱き眠らせる海よ確かな明日などありや

さらさらと砂の流るる音を聞きふる里の浜を目に浮かべ立つ

一本の柱を立てむと砂を掘り遊べる子等へ夕風ぞ吹く

束の間を来し夏海や目に留まるものみな美し　怖しくなる

夕どきの光かそけく纏ひつつ白薔薇しだいに影を失ふ

悲しみの声とも聞ゆ籠もりゐし午後を間近に山鳩の鳴く

砂に伏し強き陽射しに肌を焼く若者　ひたひた時代移ろふ

寂しさを吐くや次々と波生れて我へ向かひて寄せてきたりぬ

落日の海に向かひて人佇てり際やかに黒き影のばしつつ

Tシャツに薔薇を咲かせし娘等歩み街さはさはと水の匂ひす

悪妻と呼ばれ一生を過ごさむか薔薇の花弁を手に受けてゐる

薔薇は咲き人も素肌を陽にさらす北の夏なり幼子が呼ぶ

ひつそりと生きゐる我に育てられ華麗に庭の薔薇咲き盛る

濃き朱に咲きて輝くこの朝の薔薇なり雨止み私はひとり

「迷ひなどもう捨てました」朝茜うけて耀ふ一輪の薔薇

リラ冷えの街

陽を受けて煌めく運河の水見つつ人ゆくゆつくり犬に引かれて

イヤリング外して君の話きく初夏の湖畔のレストランにて

リラの香の流るる街の黄昏を戻りぬ豆腐を一つ手にして

差しあたりケーキを焼きて人待たむリラの花房風ゆらす午後

花束を抱きし少女歩みくる夕べのひかりに影ゆらしつつ

一面に向日葵咲きし丘へ来てひととき我も旅人となる

リラの香の流るる朝の庭へ出で雨降る気配を寂しみゐたり

ゆつたりと波もやしつつ沈む日を見送る赤き浜茄子の花

灰色の空を背にして咲くリラの紫　かすかに濃さ淡さ見す

北の地へかをり豊かに咲き誇る並木のリラを風吹き抜くる

さはさはと森を流れてくる水の涼しき音に身を浸しけり

海の町

魂あまた眠らせし海さらさらと砂をさらひて波ひきてゆく

ゆつたりと沈む夕日に燃えながら海ひしひしと翳増してゆく

心ひとつ持て余しゐる夕間暮れ視界の海より船消え去りぬ

一生を海にゆだねし人たちの声ひびきゐる未明の港

きらきらと光る海面を漂へる帆船ひとつ　誰ぞ手を振る

しんみりと語り合ひたき夜なりき海はしとしと雨降りゐたり

揺るがずに生きゐる事の寂しさを不意に吾子いふ海匂ふなり

産声のやうに海鳴る古里の夜明けぞゆつたり日が昇りくる

海へゆく道辺に群れて咲き盛り誰を待つらむユウスゲの花

さらさらと波音聞かせて夕焼ける海よ古里の歌うたはむか

海のいろやさしき青に画けるは飛ばむと滑走する少年ぞ

寂しさが俄に遠のく　ほのぼのと海辺の町へ灯火が入りぬ

明日のため海ひたすらに炎えてゐる意志保たねば寂しき夕べ

ゆつたりと紫ひろげて沈みゆく日へ対く我の影伸ばしつつ

水平を保ち寄せ来て返る波ひと世のやうに見て丘にゐる

ゆつたりと寄せ来て足元濡らしゆく波なり明日を思ひつつ立つ

みづみづと野は一斉に息づきて小鳥の声も甲高くなる

風生む森

意志を持ち芽吹きなしにし木々ならむ水色の風の生まれゐる森

この夏を如何に越せとや降り止まぬ雨にふくらむ紫陽花の彩

心少し引きしめ椅子に座りゐつ朝の陽のなか薔薇を飾りて

身のほてり鎮めて瞑りし目の中を太陽赤々燃えて落ちゆく

月の夜の砂浜洗ひて寄せかへす波なり平穏なれよ明日も

夏へゆく我の時間をひたすらに刻む時計か　夜の灯消しぬ

ざわざわと風吹きぬけてゆく森に立ちゐつことさら夕暮速し

草も木も明日に係りなきとして揺れをりすぐに夜闇がつつむ

生活の色を漂はす街川と思ひぬ　かすかに流れつつある

ほんのりと川を隔てて灯を点す白き家見ゆ　人待つ宵に

人居らぬ古き屋敷の生け垣に灯のごときなる浜茄子の花

初秋の街並

初秋の風

帰り来て石鹸ゆたかに泡立てる女なる手をすり合せつつ

満月がひつたり天へ張りつきて静かな水面となりたる海や

こともなくひと生過ぎるか涼やかに夏から秋へと移りゆく庭

ベランダの咲く花々に水与へ見上ぐる夕空　星ひとつ輝る

平穏に一日暮るるか帰宅する人等の足音ゆるやかにして

川岸へ静かに寄せ来て消ゆる波　怒れる無きか秋深くなる

遅れ咲く黄の薔薇一輪ひつそりとひと日限りの出合ひの如き

もくもくと頭上を流れて何処へ行き消ゆるや黒きこの秋の雲

澄み切りし街の上の空　半月が光りていよいよ秋深くなる

夕茜ひろぐる海や足元の砂をさらひて寄せ返る波

手を伸ばすと摑めさうなる月うつし動くともなき街川の水

明日への祈り

すつきりと髪切りて来つ　森一つ騒立てはげしく風吹く夕べ

われを急かせ鳴きゐし蟬の声も絶え夏終りなり雨降り出でぬ

我もまた亡母の後追ひ歩まむかしとしとと肩を濡らす夜の雨

さはさはと風吹き抜くる夕刻の森ゆく秋を光らせながら

寂しさは我が傍らに今日も来て話を聞くなく寄り添ひてゐる

日が没したちまち秋寒　所在なく北果てにゐる身を戦かす

そして又　空澄みわたり秋深みこころに残る人の声する

明日への祈りのやうに点りゐる街灯けぶらし降りしく冷雨

寒風に身をそらすなく歩むべし視界はるかに嶺夕焼ける

逆光の中にて待ちゐる人影を見失ひたり　秋ふかき野に

深海の魚のごとくに灯を消して直ぐに明日来る如く寝入りぬ

石の抱く翳うごかして水底をゆつくりわたしの時間が移る

さらさらと落葉鳴りゐる日暮なりころころ笑ふ嬰児抱く

次々と散り来て過去を埋むるごと林の小道に積もれる枯れ葉

葉の色を黒ずませつつ吹き過ぐる風受け素直な柏の古木

会ふ人の顔皆やさしと思ひ見る紅葉ひらひら散る丘にゐて

有り難うの言葉掛け得ず逝かしめし母よ穏しく暮るる海見る

湖畔の町並

山間の湖畔に並ぶ家の灯よ私は二人の子を産みました

烟月をゆつたり水面に遊ばせる宵の湖なり　風立たむとす

少しづつ研ぎすまさるる耳ひらき秋の日の照る湖と対きあふ

しつとりと町を濡らして雨の止みかなたの森へ虹かかりたり

取り消せるひと世ならねど穏やかに月みて秋の野の道をゆく

萩の咲く丘の道来し少年の吐く息しろく空へ消えたり

生活の匂ひを運び来る風の何故かやさしき雪降る前は

風やみて月光やどせる野菊かな手にとり花の紫を愛づ

さらさらと野菊は道辺に揺らぎつつ風に夕べの光運ばす

日の沈む海を背にして野菊咲く丘を少年の自転車去りぬ

抵抗をする術もたぬ我の身へ星々きりきり光りを発す

われの手へ触るる物みな寂しげに揺れて止まざり秋深くなる

さらさらと風の渡れる芒原　しづかに青く月影の降る

冴え冴えと秋の月照る丘へゆく人見ゆ明日を待ち切れざるか

幾年をかけひろごれる野菊なる風にさやさや花揺らすなり

月影を頼りに歩む野の小道かすかな花の種子こぼす声

冷やかに肌へ触れつつゆく風に身めぐり俄に静寂を増す

道辺の秋桜

全身で生きよと言ふか夕影に揺らぐ道辺の秋桜の花

秋桜を吹き来し風が川をいま越えむとかすかな翳まきちらす

吹く風に逆らへず立つ我が肩をさらりと撫づる木の葉の黄色

音もなく枯れ葉舞ひ散る夕暮の道ゆく己が影引き連れて

秋雨のさむく重たく降る街を帰宅する人の列暮れてゆく

陽も風も心の隙間を通り抜け彼方の海の波と遊べる

髪ながき娘等つぎつぎと通り過ぎ舗道を光らせ秋雨ぞ降る

階段をあがる少年の靴音がひびきて冷ゆる秋の早朝

われもまた古里を恋ふひとりにて荒れし山野の灯火さびしむ

夏は夏・冬は冬の歌詠み溜める我にはやさしき北国の四季

野を吹ける風に手を振る過ぎて行くもの皆寂しと言はむが如く

風過ぐる夕べの公園はらはらと木々の葉散らし明るさを増す

ゆき所ありて流るる白雲か仰ぐわが目へ秋ひろげたり

風の道たどりたどりて一群の萩咲く森の入口にたつ

思ふがまま人は生きゐむ数多なる悔しさ残るに眼を閉ざし

寂しいとぽつりと言ひし君の目の奥にかがやく星々　秋の

鈍く光る真珠を夕べ身につけて歩めり街には秋が来てゐる

冬近くなる

秋雨の寒く重たく降りくるに木の葉一枚づつ散り　日暮

寂しさを共有なすべく舞ひきたる楓の枯れ葉をノートに挟む

ゆき処定まらぬまま歩めるを母は強しと北風笑ふ

ピーマンを二つに切るや白き種子私の世界へ飛び出してくる

葉をすべて落し尽していさぎよき森見ゆしばし弦月あふぐ

寂しさを告げ来る人の目に映る我と風の野　冬近くなる

目に見ゆる全てが秋陽に光る野を海へ向かひてゆらゆら歩む

白雲のゆく空見上げて砂に坐し子のあることを忘れてゐたり

秋空の輝く星々　きみと来て仰ぎぬこころ幼くなりて

音もなく落葉散りつぎゐる庭に自が翳纏ひて暮れをり我は

うしろより近づき我を呼び捨てにする人の声　落葉舞ひとぶ

降りつづく雨の音聞き眠れずにゐる夜　呼ばふ電話機へ立つ

雨の夜は雨の音聞き眠りゆく幼児抱きしこと思ひつつ

風のごと現れし男　街路樹の葉を散らすのか手を差し伸べて

悲しみを流さむと降る夜の雨か音しとしとと眠りをさそふ

成りゆきに委ねて生きむと見る空を宵の明星光り始むる

危ふ気に風へその身を委ね咲く秋桜　明日は良き事あるや

雪降り始む

初雪の降る

初雪の降りゐる朝を新しき足跡残して子の走り去る

雪降りて木々の華やぐ朝なりき今日は惑はず人待ちてゐる

雪が止み朝の明るさ広ごれる窓より見てゐる陽に歪むビル

ふんはりと降り来て着地する雪を光らせ緩やかに昇る太陽

ふはふはと降る雪視界をやはらかな白となしつつ朝明けむとす

初雪を迎へるさまにりんと立つ裸木や男の背が夕映ゆる

雪の降る朝を真紅の薔薇いだき君くる予感に顔を洗へり

降り積もり青く朝の陽を受くる雪踏み少年の列過ぎてゆく

ゆらゆらりゆらりゆらゆら雪の降る朝なり春へ旅立たむかな

雪やみし街に灯が入り暮れむとす無垢なることの寂しさ見せて

躊躇ひもなく降り積もる真昼間の雪なり今日は何処へもゆかぬ

いく度も挫折なしつつ生きる我　鴉へ手を振る凍て強き朝

慎ましく生きて在れよと言ふやうに野もひつたりと雪に包まる

なめらかに陽を受けてゐる雪の野の木の影くつきり写せる眼

白銀のなかにしづもる冬木立　変身なし得ぬわれ暮れてゆく

野の木々へひらひら今宵も雪の降り静かに眠れと囁き居らむ

降る雪の白さ寂しむ我の目に溢れやまざる朝のひかり

一ひらの雪

身めぐりを白ひと色に埋めつつやさしも一ひら一ひらの雪

己が身を包みて隠す術もたず　木々さへ梢に雪積もらすを

身を縮め夕べの街ゆく人列を降る雪ふはりと包みて消せり

とめどなく空より零れて来る雪を眺めて一日白さ寂しむ

我を呼ぶ声の俄に高まりて振り向き見れども雪降れるのみ

雪が来て定まりし我の視野に立つビル一斉に灯を点したり

降りつづき視野を奪ひゆく雪の純白　やがて怖れむ我は

雪を積みことさら明るくなりし森　小鳥数多を抱き日暮るる

凍て深き空を見上げて春を待つ我なり猫の目も水の色

静かなる時間のやうに降り積もる雪なり温みの残りゐる地に

渇きたる心を引きよせ眠る目に現れては消ゆる顔一つある

二月の視界

深々と降り来る夜の雪にしてわが過去をうづめ尽さむと降る

わが胸へ降り来て積もりゆく雪の重さを抱き春まで眠る

きらきらと雪を光らせ昇る陽を心のゆとり欲しく見てゐつ

ふと吐きし言葉一つが雪と化しはらり降り出で日暮となる

待ちかねて春を探しにゆく人か背に夕茜溜めて野を去る

ひらひらと二月の窓辺に降りきたり翳を生みゆく純白の雪

寒さ増す二月の心を揺らさむとすき間風吹く凍て深くして

風に舞ふ雪の激しさ窓越しに見てゐて我の二月も終る

日の暮を影ゆらしつつ戻り来る一人を待ちて明るく灯す

降る雪に包まれ二月を生きる我　森の木々等の声聞きにゆく

わが手にて消ゆる儚き雪なるに此の世を埋めなむ勢ひに降る

少年の冬

野に生きるものの全てを眠らせて降りつぎ雪は積もり鎮もる

わが生きと係りなきがに朱を掲ぐシクラメン卓に置きて新春

暗雲の切れ間よりふいに陽の射して街ひとときを新春となる

冬の陽の射し入る部屋にて開き見る日記の中なる危ふき若さ

地上より飛び得ぬわれはマフラーを風に靡かせ雪踏みてゆく

昨日より小さくなりし夢をいふ少年　吹雪く夜を帰り来て

雪の夜の窓に明かりを揺らめかせ春来るを待つ少年がゐる

海を向く少年の目に映りゐる鷗よ陽を切り美しく翔べ

父・母の星きらめくか北空を仰ぎて佇む凍てつく夜を

生き急ぐことなどなきと思ひつつ凍てる夜ひとり弦月仰ぐ

冬空を見上げて歩む我が影を黒々と伸ばし街灯ともる

長き髪へ雪積もらせし少女にてスマートホンを手に光らせつ

ひらひらと降りゐる雪がふんはりと若木に積もり濃き翳抱く

影ながく夕べの道に伸ばしつつ人来る　われも会釈して過ぐ

雪の降る朝の心をひらきゆく森の木の芽のやうな少女きて

一面に積もれる雪へ明るさを振り撒くか陽よ　サングラス買ふ

陽を受けて汚れ静かに増しゆける雪なり花生け春待たなむか

凬の音

鴇色のセーター壁に揺れゐたり此の世の冬へ入りゆかむとす

冷え切りし手を頬に当て温めむとする汝　凬の夕べを戻り

雪の降る夜をしづかに物を書く思ひの二割も書けざるものを

すたすたと風へ向きゆく少年に歩調を合はせて夜の街歩む

くり返し寄せ来て散れる冬の波見てゐるやがて来る死忘れて

松の枝に積もれる雪が白々と翳を生みつつ朝明けてくる

陽の射して雪の真白さ際立ちぬ裸木の影の伸びてくる午後

少し待てと時間を留めて見たくなる真昼の雪の輝く野に立ち

自らに山の陰へと落ちゆきし太陽　明るさ雪に委ねて

珈琲色の衣を身にまとひ雪よりも白きこころを寂しむ私

雪を積む若木の語る声聴くに視界暮れゆき静けさ還る

晩秋の野を照らす月　しらじらと光を背に受け人に従きゆく

吹きやまぬ風の音聞き眠れずにゐる夜　呼ばふ携帯を見る

街なかに残れる黒き雪が陽に崩るる　コートの釦を外す

傘を差し見る暮るる川　濁り深くふと恐ろしき明日見えてくる

この命愛しくてならぬ　ピカソ展みて帰りきし吹雪の日暮

うつすらと赤く心を染めながら視界の果ての峰へ陽の落つ

街灯ともる

立ち直る時間を下さい倖せを追ひ掛けすぎたる過ちあらば

ネクタイを堅く結べる男きて落日の海へ呼び掛け始む

雪の朝に黒きコートを着し男　微笑み浮べて駅舎へと消ゆ

雪降りてこの世明るくなりしとふ男の言葉が風となり舞ふ

うつし世へ戻りきたりし男かも雪降る夜の静けさ　ふと言ふ

雪まとひ街青白く暮れむとす立ち上がりまづは灯を点すべし

雪の夜のぼんやり点る街灯にあかるみ手招く人影のある

憎む対象無きにうつうつゐる夜を夫帰り来て明かりを点す

ふかぶかと雪降り積みしこの北の町へも凜とし街灯ともる

淡く降る雪の白さを浮きたたせ闇の向かうにともる一つ灯

冬空を見上げて歩む我が影をくつきり伸ばして街灯点る

あとがき

短歌との出会いは、主人との出会いでした。そして、結婚して何の不満もなく、五十年が過ぎました。子供は長女と長男で、他人の様に離れて暮していま す。横尾幹男は、私の先生であり、夫であり、友達でもあると、勝手に思い込んでおります。「生涯短歌を続ける」という話を聞いたとき、短歌は、遊びや単なる趣味ではなく、今を生きる人間である自己を詠み表現し、人の在り方を詠み追求する、と言う事を教わりました。

子育ての二十余年を経て、短歌の仲間入りをさせて頂きました。何時も傍に先生が居る事で、仲間からは羨ましがられます。

八年前に『陽溜りの中で』を出版し、今回の『明日への祈り』は第二歌集です。度々訪ねてくれる娘が、字や体力の衰えを感じたのか、今の内にと背中を押してくれ、出版をする事になりました。『陽溜りの中で』から、少しでも皆様の心に残る歌をと、励んで来ましたが、『明日への祈り』は最後の歌集との思いがあります。

所属する「潮音」で見て戴いている、木村雅子先生に深く感謝申し上げます。また、主人や子供達が力となってくれた事に感謝し、「道」の仲間の皆様に厚く御礼申し上げます。

皆様の励ましに力を頂き、少しでも心に残る歌を詠んでゆきたく思って居ります。今後とも、よろしくお願い申し上げます。

平成二十七年三月

横尾良子

歌集 明日への祈り

平成27年6月6日　発行

著　者　横　尾　良　子

〒061-1416 北海道恵庭市桜町2丁目5-4-202

発行人　道　具　武　志

印　刷　㈱キャップス

発行所　**現 代 短 歌 社**

〒113-0033 東京都文京区本郷1-35-26

振替口座　00160-5-290969

電　話　03（5804）7100

定価2500円（本体2315円＋税）

ISBN978-4-86534-097-6 C0092 ¥2315E